La salle de bains
du Titanic

Du même auteur
aux Éditions J'ai lu

CE QUE JE SAIS DE VERA CANDIDA
Grand prix des lectrices de ELLE
Prix Renaudot des lycéens
Prix France Télévisions
N° 9657

ET MON CŒUR TRANSPARENT
Prix France Culture – Télérama 2008
N° 9017

DÉLOGER L'ANIMAL
N° 8806

LES HOMMES EN GÉNÉRAL ME PLAISENT BEAUCOUP
N° 8102

TOUTES CHOSES SCINTILLANT
N° 7730

VÉRONIQUE
OVALDÉ

La salle de bains du Titanic

Illustrations : Anne-Lise Boutin

J'AI LU

Les nouvelles de cet ouvrage
sont parues respectivement
dans *Le Monde 2*, *Télérama*
et dans le recueil *Des nouvelles
de La Fontaine* publié aux Éditions
Gallimard. Elles sont également parues
dans un recueil hors-commerce
aux Éditions J'ai lu.

Nouvelle édition revue et augmentée
par l'auteur.

Illustrations intérieures : Anne-Lise Boutin

TOUS CEUX
QUI N'ONT PAS
DE NOMBRIL
SONT DES MARTIENS

Tous ceux qui n'ont pas de nombril sont des martiens.

C'est ce que nous avions décrété Jules et moi quand Jules avait neuf ans et moi six.

Et cet été-là, sur la plage de Camerone, nous avions scruté éperdument les ventres. Les ventres de nos contemporains contemporaines, les ventres des tout-petits, camouflés protégés, mais dépassant parfois des tee-shirts jaune poussin comme des bedaines de notable, les ventres des adultes, les gros, avec leur mauvaise graisse, leur nombril hernie, magnifique et luisant, des terriens des vrais de vrais, et les ventres des filles, perdus entre les os délicieux de leurs hanches, leur nombril vertical, aussi aigu qu'une fente.

Cet été-là nous n'avions pas trouvé de martiens.

Et maintenant cela nous importe peu, alors que nous traînons tous les deux, un été de plus, sur la plage de Camerone, cela nous importe peu de démasquer d'hypothétiques habitants du cosmos qui auraient choisi, pour une raison mystérieuse, de s'adonner au jokari plutôt que de sillonner la galaxie.

Jules a eu seize ans cette semaine et il est resté auprès de nous cet été parce que maman porte une perruque sur son crâne chauve et que nous craignons sans nous l'avouer (oh non surtout ne pas en parler, ne pas même laisser cette pensée fétide s'insinuer et parasiter nos paroles), parce que nous craignons que ce soit son dernier été (même ici j'aimerais l'écrire en plus petits caractères pour n'avoir qu'à peine à le prononcer, c'est impossible à dire vraiment, ça se souffle, ça se murmure, ça se chuchote une tragédie pareille).

Je passe cet été, l'été de mes treize ans, assise sur ma serviette bleue à regarder la mer, à écouter les dunes qui s'effondrent sans cesse avec beaucoup de délicatesse et de discrétion, à regarder mon frère bomber le torse devant les filles qui miroitent sur le sable, à l'entendre regretter de ne pas avoir fêté son anniversaire avec sa bande de copains ineptes (c'est moi qui précise), à parler de loin en loin avec maman qui remplit des grilles de mots croisés sous le parasol, immobile sur son siège à rayures, elle me donne parfois la définition d'un mot, et je me creuse la tête pour la satisfaire, j'y mets toute mon énergie alors que les mots croisés m'ont toujours prodigieusement ennuyée, mais je veux tant lui plaire, ou plutôt je veux lui être agréable, c'est exactement cela, je veux qu'elle soit heureuse de passer ce moment avec sa fille de treize ans, que rien d'irritant ne vienne la contrarier, elle me sourit dans l'ombre et laisse parfois tomber ses bras le long de son corps dans une sorte d'épuisement intense, je regarde ses bras s'allonger, ils sont gonflés et asymétriques, ils ont l'air fait d'une matière élastique, vont-ils se décrocher de ses épaules et tomber avec mille précautions dans le sable comme des feuilles d'automne ?

Certains jours, quand la perruque devient trop inconfortable, elle porte sur sa tête chauve un foulard de soie, de la vraie soie, tissée par des vers en Italie ou en Chine, de la vraie soie laborieuse, du labeur d'insectes, elle porte un foulard de soie naturelle qu'elle a peint elle-même. Juste après l'été où, depuis qu'elle est malade (et cela fait sept ans maintenant), depuis donc l'été des martiens, elle se consacre passionnément à diverses pratiques comme les mots croisés, la peinture sur soie (des fleurs énormes et colorées et tentaculaires, des trucs qui ressemblent à des anémones de mer sur fond de petits points réguliers et multicolores comme des bonbons), l'hypnose (une activité qui avait trait aux vies antérieures, une façon d'y retourner, de s'en souvenir et d'y retourner, oui j'étais bien une prostituée à Rome sous Jules César, ou alors j'étais Catherine de Médicis, tout simplement), les supercheries pour femmes très malades depuis très longtemps (n'écoutez plus vos médecins, prenez plutôt quotidiennement cette herbe en infusion, elle pousse tout en haut du Kilimandjaro, nous allons la chercher à dos de lama, oui oui, de lama, allongez-vous, recouvrez-vous le ventre de chou blanc bouilli et pensez à quelque chose de doux et frais).

Mon père est d'une grande indulgence avec ses lubies. Ce qui m'étonne et m'effraie de plus en plus.

Cet été elle a voulu retourner à Camerone. Mon père a argué chaleur et incommodement, insolation, sable brûlant et sale, usine de retraitement de déchets louches, foule et bruit de la foule, pour lutter contre son choix. Mais rien n'y a fait. Elle a tenu bon, avec cette façon de froncer les sourcils imperceptiblement, personne d'autre que Jules, mon père ou moi, ne peut soupçonner l'infime variation de son visage, mais cette transformation signifie qu'elle ne modifiera plus sa décision, qu'elle peut se transformer en granit muet, une tonne au mètre carré, jusqu'à la fin s'il le faut, mais que jamais elle ne dérogera. Mon père a cédé.

Et c'est ainsi que nous nous sommes de nouveau retrouvés sur cette plage, moi assise à côté de maman, continuant de surveiller la progression de ses cernes lilas, Jules écumant les paillotes avec ses conquêtes, parfum monoï, en paréo coton mélangé, mon père préférant aller à la pêche dans le petit canal qui passe derrière l'usine, revenant bredouille chaque soir, ce qui nous soulage Jules et moi, persuadés que nous sommes de la toxicité des bestioles qui ont survécu et muté au fond du bassin – perches arc-en-ciel à trois yeux, silures souffreteux à la fois mâle et femelle, carpes molles avec petites nageoires se transformant en mains, ces saloperies ont-elles des nombrils ? Jules et moi avons une confiance limitée en nos contemporains et la rouerie de la municipalité de Camerone nous paraît évidente, le venin que crache l'usine de retraitement ne serait que de la vapeur d'eau, nous ricanons doucement, mon frère et moi. Nous partageons encore un certain goût pour la moquerie et nous avons de petites vanités déplacées (nous nous sentons légèrement supérieurs au reste du monde, lui parce qu'il est beau moi parce que je suis taciturne). Aussi quand nous entendons notre père ourdir ses cannes pour aller, avec tout son fourbi, pêcher dans le petit canal, ne nous gênons-nous pas pour ironiser et le supplier de rentrer penaud.

Moi, cet été-là, je n'arrive pas à bouger de ma serviette bleue.

Je suis assise, en pantalon, un livre sur les pieds, une chemise sur les épaules, les bras croisés sur le ventre, un chapeau de paille sur la tête. Totalement protégée. Cadenassée. Je suis comme ça depuis l'été où.

Cet été-là, ce vieil été, celui de mes six ans, nous n'avions pas trouvé de martiens.

Mais je me souviens que deux orques, un couple, s'étaient échouées sur la plage et dégageaient une odeur vénéneuse et souveraine (quelque chose qui avait à voir avec les substances vertes du corps, avec la bile et le sang, et j'étais la seule avec mon père à aimer rester sous le vent pour respirer cette pestilence).

Nous n'avions pas trouvé de martiens.

Toute la ville se plaignait du cadavre des deux animaux mais les services sanitaires avaient beaucoup trop à faire avec les petits vieux qui s'affaissaient solitairement dans leur cuisine, sans plus d'eau dans le corps qu'un arbre sec (et cette pensée me plongeait dans des abîmes de tristesse, je me disais, ma mère sera, et je serai – je ne sais pourquoi j'excluais les hommes de ma famille de cette malédiction –, nous serons de petites et vieilles gens isolées et malingres en blouse de tergal et nous nous assécherons plus encore quand personne ne nous aimera plus), les services sanitaires donc ne pouvaient pas s'occuper des deux gigantesques réservoirs de graisse qui se liquéfiaient sur la plage. Ils avaient juste entouré l'endroit de barrières rouge et blanc, carnaval, mais personne ne s'approchait plus, à cause de la nausée et de l'étouffement (les odeurs peuvent-elles tuer ?) qui vous empoignaient le corps et vous le malmenaient jusqu'à vous faire rendre gorge quand vous arriviez trop près des deux bêtes. Il y avait juste moi toute petite encore qui disais à mon père, Papa, je voudrais être l'orque. Je le lui chuchotais, il me tenait par la nuque et se penchait vers moi pour distinguer ce que je disais et je répétais cela tout doucement pour ne pas que Jules entende, Jules se serait moqué, je disais, Je voudrais être l'orque, et mon père caressait ma chevelure douce et blonde (mais d'une blondeur très particulière, très volatile, une blondeur enfantine, qui n'existe que le temps très court de l'enfance, qui apparaît pour déjà se métamorphoser, qui apparaît et verdit vitement, abandonne sa couleur de blé et vous laisse là avec une teinte de cendre ou de blondeur châtaine), il caressait ma chevelure de plumes et m'appelait, Doucette.

Il chuchotait tout comme moi, Pourquoi veux-tu être une orque, Doucette ?

Je veux être celle-ci, disais-je en montrant au loin les deux corps pourrissants au-dessus desquels les goélands chorégraphiaient leur appétit. Je voulais être la plus petite des deux parce que j'imaginais qu'elle était la femelle. Je savais que mes déclarations produisaient sur mon père un effet étrange, je l'avais entendu le dire à ma mère, Vienna dit des choses si bizarres parfois, ça me rend tout triste. Ma mère avait souri et elle avait dit ce que toujours ils disaient quand je faisais des déclarations fantaisistes, Vienna a beaucoup d'imagination. Il avait ajouté, Tu sais, quand Vienna me dit des choses bizarres, j'ai envie de m'asseoir sur le sable à côté d'elle et ne plus bouger. Ma mère n'avait pas répondu. Je pense que la propension de mon père à la mélancolie l'inquiétait plus que mes élucubrations.

Et ce matin-là, durant l'été des orques, mon père m'a perdue et un type m'a prise pour quelqu'un d'autre.

C'était un matin très tôt, alors que nous étions tous deux, mon père et moi, sortis de l'hôtel, sans faire un bruit pour ne pas réveiller ma mère qui dormait pelotonnée et invisible sous les édredons, ni mon frère qui jouissait précocement du lourd sommeil des adolescents, c'était un matin très tôt que mon père m'a perdue. Nous avions marché sur le sable mouillé pour nous approcher de nos orques qui devenaient liqueur un peu plus chaque jour, nous étions restés immobiles à une distance acceptable, à quelques mètres des barrières rouge et blanc. Puis nous nous étions allongés au pied des dunes, dans le petit bruit assoiffé des herbes longues qui se frottaient les unes aux autres, leurs pointes volant au vent, si sèches et acérées qu'elles en paraissaient dangereuses. Et mon père s'était un instant assoupi. Juste un instant, lui avait-il semblé. Déconnexion du ressac et du bruit sec des herbes. Dring, je me réveille. Et il n'y a plus Vienna ma fille ma princesse ma doucette à côté de moi.

Moi j'avais aperçu un lapin, sa petite queue blanche comme un duvet et le dessous de ses pattes qui me faisaient des signes au milieu des dunes. Alors je m'étais levée. Mon père avait les paupières closes. Mais j'ignorais s'il s'était assoupi ou s'il ne faisait que fermer les yeux pour penser à maman bien tranquillement et ne pas voir le ciel déjà si bleu au-dessus de sa tête. Alors je m'étais un rien éloignée. Juste un tout petit peu, je me souviens m'être dit, Il faut que papa puisse me voir toujours sinon il va s'inquiéter. Je savais que papa s'inquiétait facilement.

J'avais gravi la dune.

Et il y avait ce type à moustache et à chemisette à carreaux qui était là et qui m'avait prise pour une autre petite fille. Je ne sais rien de plus que cela. Je sais que ce type m'avait prise pour une autre petite fille. Je ne sais rien de plus que cela. Le reste c'est mon père qui me l'a raconté. Alors dans cette histoire, je suis aux côtés de mon père quand il la raconte et non à côté du type en chemisette à carreaux.

Je suis avec mon père quand il s'est redressé et qu'il a scruté la plage, se disant, Où est Doucette, où est ma fille ?, m'imaginant en train de choisir des coquillages ou bien des cailloux ronds et doux pour les jeter dans l'eau et entendre leur plouf définitif et satisfaisant. Ou bien plutôt des cailloux plats pour tenter de faire des ricochets (ce que je n'arrivais jamais à faire ; on ne peut effectuer un ricochet convenable qu'à partir d'un certain âge, peut-être huit ans ou bien neuf mais certainement pas six ans, c'est comme de marcher tout en mangeant une glace en cornet sans la laisser couler le long de l'avant-bras, il ne faut pas s'affoler si on n'y arrive pas, c'est une question de *maturité physique*). Mon père a scruté la plage. Il a mis sa main en visière. Il aurait voulu une longue-vue. Il y a pensé à cette longue-vue. Mais il ne dispose aujourd'hui d'aucune longue-vue. Rien. Mon père a scruté la plage. Mais il ne m'a pas vue. Il a trouvé que le soleil était déjà très haut, il a dit, Ce n'est pas possible. Électrisé, il a sauté sur ses pieds. Combien de temps s'était-il donc assoupi ? Vienna, a-t-il crié. D'abord pas trop fort, comme s'il ne voulait pas alerter tout un chacun de sa propre négligence, J'ai perdu ma fille, et puis oubliant sa décence et sa gêne, et s'affolant méthodiquement, à chaque pas un peu plus. Il a dévalé la dune, courant dorénavant comme on le fait dans ces moments paniques en tournant la tête en tous sens, se dirigeant vers les gens qui faisaient du sport sur le rivage ou les mères qui accompagnaient les petits enfants insomniaques – ceux qui sont dehors tôt le matin pour ne pas réveiller les pères et pour attraper les poux des sables qu'ils enfermeront dans des boîtes en carton et finiront par laisser mourir et sécher comme des hippocampes.

Mon père m'a appelée en se répétant, C'est pas possible.

Il a senti l'angoisse corseter ses poumons, il a senti son propre visage se défaire. Mon père savait de lui-même qu'il lui était impossible de garder son calme ou d'être rationnel dans ce genre de circonstances. Il savait que ces situations-là pouvaient le rendre dingue. Il ne savait pas endiguer la panique.

Vienna, a-t-il dit, a-t-il hurlé, malgré sa conviction que les deux syllabes de mon nom (d'où vient ce nom, mais d'où vient ce nom, c'était un film qu'ils avaient vu avec ma mère, un western avec une femme forte et brune... Johnny Guitar... Mon père à ce moment-là pensait à Johnny Guitar en m'appelant sur la plage, il se répète Johnny Guitar comme par-devers soi, une sorte de scansion de son angoisse, Johnny Guitar, Johnny Guitar), avec la conviction donc que les deux syllabes de mon nom seraient emportées par le vent et l'iode, qu'elles partiraient vers les terres en même temps que la pluie et les nuages.

Vienna, a-t-il désespérément crié.

Et il a entendu son cœur rythmer : Johnny Guitar, Johnny Guitar.

Il a couru sur la plage, les bras un peu écartés du corps, les paumes ouvertes, le cœur qui migrait dans sa gorge, l'étouffait à moitié, et il courait, mon père, j'avais l'impression de pouvoir le voir courir et s'agiter dans toutes les directions.

Et puis il a aperçu un type à moustache qui lui faisait de grands signes sur le sommet d'une dune, le type avait Vienna à la main (Vienna minuscule, une robe jaune qui tourbillonnait dans un vent de pluie prochaine, la main dans celle de cet inconnu). Mon père, soulagé, a couru, entravé par le sable, il a couru vers eux, il a récupéré Vienna, remercié le type, récupéré Vienna sans prêter attention à son visage vide au-dessus de sa robe jaune, il a remercié encore le type, le visage de Vienna paraissait avoir été posé là en équilibre au-dessus d'un drapeau jaune, mon père a remercié, sans chercher à rien savoir, s'accroupissant devant sa fille, lui demandant, Où étais-tu passée ? j'ai eu si peur, Vienna ne répondant pas, visage de celluloïd au-dessus du drapeau jaune, et le type répondant pour elle, Elle cherchait des terriers de lapins, puis s'éloignant, leur disant, Je vous laisse puisque tout est bien qui finit bien, mais mon père ne regardant ni n'entendant cet homme en chemisette à carreaux, qui ne serait jamais pour lui qu'un homme en chemisette à carreaux ayant dit un jour, Tout est bien qui finit bien, mon père serrant Vienna, me serrant dans ses bras comme pour me protéger toujours, des dunes, des terriers de lapins, des cadavres de baleines, des hommes en chemisette à carreaux.

Je pense parfois à cet homme en chemisette à carreaux.

Et à la façon dont le monde a changé pour moi et pour nous tous après cet été-là. Comme s'il y avait eu un infinitésimal raté dans sa rotation mais que tout avait été remis en question.

Après cet été-là je me suis organisée.

Et c'est pour cela que maintenant, pendant ce nouvel été à Camerone, je n'ai plus peur de rien. Je regarde Jules et ma mère, je pense à mon père, assis sous un saule sur son pliant, qui pêche dans l'eau trop chaude de ce canal, observe les algues longues s'alanguir et proliférer dans le courant, et continue d'espérer un poisson qui ne pourra jamais mordre. Je pense à ma famille et je sais que nous allons continuer à vivre des centaines d'années comme ça avec maman et ses foulards en soie sur son crâne supplicié, les maladies qui lui grignotent le corps puis abandonnent la partie, reviennent pour camper dans ses organes puis refluent de nouveau, c'est comme un ressac maman, et je sais que nous allons continuer comme ça, mon père ne m'appellera plus Doucette, mon frère deviendra plus grand encore, et la chair autour de ses clavicules se remplira et il ne m'adressera plus la parole pendant quelque temps, mais ce ne sera pas très grave, et sans doute pas trop long, ce sera juste le temps pour lui de retrouver le chemin jusqu'à moi.

LES MOUETTES DE CAMERONE

Gorka est retourné à Camerone. Avant d'y aller, il a appelé son centre d'Alcooliques anonymes pour vérifier qu'il y en avait bien un à Camerone et qu'il pourrait ainsi se rendre aux réunions aussi régulièrement que d'habitude. Rassuré sur ce point il a fait ses valises (son havresac : un maillot de bain, quelques chemisettes, un livre de poésie chinoise, un livre de vulgarisation sur la philosophie antique et un Agatha Christie). Il est retourné dans la pension où il allait avec ses parents quand il était enfant. Il n'est pas allé à l'hôtel où il séjournait avec sa femme quand ils étaient encore très jeunes et qu'il avait tant envie de lui montrer les dunes de son enfance – à l'époque elle avait les cheveux très longs et nattés et lui il portait la moustache. La tenancière de la pension avait changé, ce qui était une très bonne chose, il aurait détesté devoir justifier son retour ou simplement faire le point, dire où il en était dans son existence, quels chemins il avait empruntés. Il n'y avait que Gorka pour penser que la gérante eût pu reconnaître le petit garçon qu'il avait été et établir un lien avec l'homme fatigué qu'il était devenu.

Gorka a passé une année un peu difficile : il a arrêté de boire et il a divorcé pour la seconde fois de la même femme, ce qui pourrait lui laisser espérer qu'elle reviendra encore vers lui mais en fait il est assez clair qu'il n'y a plus grand-chose à espérer de ce côté-là. Il est en convalescence pour ces deux raisons à la fois.

En arrivant à la pension il va sur le bord de mer pour téléphoner à son ex-femme (il ne tient pas à appeler depuis la pension ; il n'aimerait pas que la patronne ou qui que ce soit là-dedans sache où il en est), Teresa lui répond, elle lui parle très doucement, elle approuve sa décision d'être parti à Camerone, elle lui dit que le grand air lui fera du bien (il ne voit pas bien de quoi elle parle, Camerone est une ville où il fait une chaleur tropicale au moment de Noël), elle lui parle de leur fils, lui propose de le lui passer, ce que Gorka refuse avec une voix aussi douce que celle de Teresa. C'est comme s'ils faisaient très attention tous les deux à bien se signifier qu'ils ne sont pas en colère l'un contre l'autre. Si le coup de téléphone s'éternisait ils en arriveraient à chuchoter et on finirait par ne plus percevoir sur la ligne que le vent de Camerone et le crépitement des milliers de voix qui se parlent dans l'obscurité des lignes téléphoniques. Gorka ne veut pas parler à son fils. Parce qu'il ne saurait quoi lui dire. Il est paralysé par l'interdiction que lui a signifiée Teresa de voir le petit garçon pendant quelque temps. Il a eu beau s'excuser, promettre, supplier (mais jamais menacer, Gorka n'est pas un homme *explicitement* menaçant) ; il a eu beau tenter de s'expliquer, elle a continué de secouer la tête. Elle a dit, Je sais que tu n'es pas quelqu'un de mauvais. Mais je préfère que les choses se tassent. Et là en cet instant, alors que Gorka est dans la cabine téléphonique du bord de mer et qu'il entend grésiller la voix de Teresa comme si l'iode grignotait les câbles téléphoniques, là en cet instant, Gorka se sent accablé. Teresa lui dit alors de prendre soin de lui. Les épaules de Gorka s'affaissent. Il n'aime pas cette expression, il a l'impression qu'elle lui demande de prendre soin de lui parce qu'elle ne se sent plus le courage de le faire elle-même, il agite sa main droite dans la cabine – qu'il a laissé ouverte pour ne pas asphyxier et pour entendre les mouettes et le ressac –, il veut lui dire avec cette main qui s'agite que tout va bien et qu'il va passer d'agréables fêtes de fin d'année sur la plage de Camerone.

Gorka commence ainsi une routine apaisante. Il se lève le matin vers 9 heures, enfile une chemisette à carreaux, prend un café à la pension, sort sur la plage – la plage de Camerone est une plage de ville avec des palmiers plantés à intervalles réguliers, mais ce sont de vieux palmiers, ils étaient déjà là quand Gorka était enfant, ils ressemblent plus à de très vieux éléphants qui cherchent un endroit pour mourir qu'à des palmiers, les bâtiments du front de mer sont dignement décrépis, des pans entiers de peinture ont disparu à chaque équinoxe. Plus loin la plage devient sauvage, c'est un processus un peu lent comme si elle perdait peu à peu les oripeaux de la civilisation, les palmiers en résine disparaissent en premier puis les barrières et les pancartes et finalement il ne reste plus que des dunes et des herbes fines. La plage est si longue qu'elle semble juste s'estomper à l'horizon. L'usine de retraitement des déchets a fermé depuis quelques années. On voit sa silhouette au-dessus du canal vénéneux. Personne n'a trouvé quoi faire de ce bâtiment. Le détruire semble encore trop compliqué et onéreux. On le laisse donc disparaître. Camerone est situé en un point si particulier du globe qu'il y fait chaud été comme hiver – la lumière semble simplement changer de qualité, elle est moins vive l'hiver, comme adoucie, les contours des choses se floutent progressivement avec l'avancée de la saison. Gorka reste assis une heure ou deux au soleil puis il va se tremper. Il ne nage pas. Pas encore. C'est encore trop tôt. Il retourne à sa place. C'est sa place, là où il laisse sa serviette de plage, son livre à la reliure ensablée, et ses constructions de galets. Il se met toujours au même endroit. Et d'ailleurs les autres usagers de la plage de Camerone font comme lui. Il y a une femme en bikini qui n'ôte jamais son teeshirt, il la regarde lire, elle se met toujours à l'ombre du rocher, à côté d'elle il y a un enfant qui creuse des trous et un peu plus loin un homme qui note sur la couverture du livre qu'il lit des mots qu'il ne connaît pas : squame, calice, mesmérisme.

Puis à 17 heures Gorka se rend à sa réunion des AA. Elle se tient dans l'une des villas du bord de mer. La villa Bel-Air a dû être offerte à la municipalité par un riche et vieil alcoolique sans progéniture ; trois associations s'en partagent les étages. Il y a les AA dans le garage, les CA (Cancéreux anonymes) dans le salon et les SA (Suicidés anonymes) dans la cuisine – c'est une drôle d'idée il faut en convenir de cantonner ces rescapés dans la cuisine mais c'est la pièce la plus lumineuse et la moins déprimante de la villa. La villa est une sorte de boule de douleur tout en stuc et en colonnades baroques ; elle accueille les malheureux, les survivants, les proches des victimes. Elle se remplit de leur chagrin et de leurs pleurs. Elle les relâche deux heures plus tard et digère leur détresse. Gorka se demande si la Villa Bel-Air transforme la détresse en quelque chose de spécial, en électricité par exemple ou en chaleur. Gorka se dit que la tristesse ferait un bon combustible. Puis il cesse d'avoir des idées de ce genre. Il y a cette fille que Gorka voit tous les jours et qui va aux CA. Gorka se demande ce qu'elle fait là, il ignore si elle est en rémission ou si quelqu'un qui lui est proche est mort d'un cancer. Il ne voit pas d'autres raisons à aller passer ses après-midi aux CA.

La fille doit avoir quinze ou seize ans, elle a des cheveux d'une blondeur spéciale, un peu grise, elle est grande mais elle marche légèrement penchée en avant comme si elle avait perdu quelque chose et qu'elle avait l'espoir de le retrouver en scrutant le sol et en refaisant continuellement le même trajet. Gorka arrive toujours un peu avant 17 heures pour la voir traverser la rue dans sa petite robe à rayures et son gilet boutonné jusqu'au cou, elle lui rappelle quelqu'un, mais il y a une partie de la vie de Gorka qui est plongée dans l'obscurité, il ne se souvient pas bien de certaines périodes de son existence, tant il a abusé de ce qui est illicite. Il a l'habitude de cette étrange familiarité qu'il ressent pour certaines personnes sans jamais retrouver à quel moment il les a croisées et dans quelles circonstances. L'autre jour quelqu'un a interpellé la jeune fille au moment où elle sortait de la villa Bel-Air. Vienna, a crié cet individu sans doute pour qu'elle l'attende et rentre avec lui. Elle s'est retournée, elle a regardé en l'air comme pour surveiller la course des nuages, elle a attendu le jeune homme et Gorka s'est rendu compte que Vienna était un nom qui a sa place quelque part dans sa mémoire. Il sait qu'il y est mais il ne sait plus rien de ce qui a trait à ce nom.

Chaque jour Gorka ressort vers 19 heures, il attend de voir la jeune fille s'éloigner vers les ruelles qui se dirigent vers l'ancien centre de la ville puis il va prendre des tapas sur le bord de mer, il boit du Coca et remonte dans sa chambre où il allume la télé et ne la regarde pas, c'est comme s'il ne voyait pas ce qui se passait sur l'écran, il est ailleurs, il fait le bilan de son année et de sa vie, ce n'est pas un bilan négatif, ça n'a rien de désespéré, Gorka n'est pas un homme désespéré, il sait même prendre parfois des décisions cruciales, et il a une propension vitale à rameuter ses troupes quand il sent qu'elles se dispersent (c'est l'impression qu'il a eue à de nombreuses reprises dans sa vie de partir sur plusieurs chemins à la fois, d'être désordonné et chaotique, cela a à voir avec la drogue et l'alcool bien entendu, et puis finalement d'avoir su remettre tout à plat, ne plus fréquenter les personnes infréquentables, stopper la machine et reprendre pied tout doucement), il songe à son fils, à un cadeau qu'il aimerait lui envoyer, Gorka n'a pas de pensées inadéquates, il se sent délicieusement mélancolique.

Le 1er janvier il n'y a pas de réunion aux AA. Cela fait un mois qu'il est à Camerone, pris dans un réconfortant usage. Gorka a dépensé tout son argent en œufs de saumon, il les a fait venir par correspondance et il a reçu le carton hier, il est resté à la pension pour attendre le facteur, il a ouvert son colis et sorti le bocal de petites boules orange, il ne savait pas s'il devait les mettre au réfrigérateur, il ne savait pas ce que signifiait pasteurisé, il avait peur que la chaleur de Camerone ne fasse bouillonner l'intérieur du bocal, qu'il ne se mette à suinter comme si le processus d'éclosion reprenait, alors il les a mis dans le frigo de la pension. Pour obtenir cette permission il a été obligé de dire que c'était pour offrir à sa mère.

Le 1er janvier, Gorka enfile l'une de ses chemisettes à carreaux, il descend de sa chambre et sort les œufs de saumon du frigo, il fait un petit signe à la patronne qui pourrait signifier, « ça y est je vais les offrir », et il part les manger à la petite cuillère sur la plage. C'est un moment très agréable, il ne fait pas aussi chaud que d'habitude, et il n'y a pas grand monde, en tout cas aucun des habitués de Gorka, il se surprend à espérer que la jeune fille des CA, celle qui s'appelle Vienna, apparaisse et vienne s'asseoir sur le sable face à la mer, la lumière est légèrement voilée, alors quand il a fini de manger il s'allonge et s'endort et rêve d'un raz-de-marée qui dévaste Camerone, ça fait longtemps que Gorka n'a pas fait de rêve, il voit la vague gigantesque arriver de loin, elle est pleine de petits papiers et quand elle se rapproche de Camerone Gorka voit qu'il s'agit de billets de banque colorés comme ceux du Monopoly. Les gens, au lieu de se réfugier, sortent pour récolter ce qu'ils peuvent récolter et ils sont emportés et tout se passe dans un grand silence de rêve. Gorka se réveille à cause du bruit des mouettes (leurs cris et leurs froissements de plumes) qui se battent pour becqueter les derniers œufs de saumon du bocal. Elles ont l'air très en colère. Gorka se lève pour déplacer sa serviette un peu plus loin puis il se rallonge, les coudes surélevant son buste, les yeux fixés sur l'océan, prudemment plissés. Il laisse les mouettes s'engueuler en paix et pense qu'il aimerait commencer cette année nouvelle avec de bonnes résolutions. Il se dit qu'il faudrait qu'il apprenne l'italien et puis qu'il tente de retrouver toutes les personnes – les petites filles ? – avec lesquels il a été équivoque. Équivoque c'est le mot qui lui vient à l'esprit quand il pense au désir qui le tenaillait de prendre ces fillettes dans le creux de sa paume – les oisillons ? – en essayant de ne pas briser leur menu squelette et leur tendre perfection. Gorka se dit, Je vais les retrouver pour m'excuser. Et cette décision qui devrait le rendre contrit – comment vont-elles recevoir ses excuses ? – le laisse dériver dans une troublante langueur.

LA SALLE DE BAINS DU TITANIC

Le monde réel, Vienna n'en peut plus de se le coltiner.

Elle aimerait redevenir par moments une toute petite fille. Une petite fille avec des nattes blondes – avant que les nattes blondes ne deviennent vertes et mornes. Ce vert spécial que prend le blanc des oeufs durs quand ils ont séjourné sur une triste clayette dans le frigo. Un vert de menue moisissure.

Vienna aimerait redevenir une toute petite fille.

Porter un short rouge en éponge, avoir les genoux qui rentrent et les cuisses qui se touchent. Se prendre pour Miss Monde même si on ressemble à une communiante. Rentrer les joues devant le miroir et fixer son reflet jusqu'à ce que tout devienne flou alentour.

Ne se préoccuper que de l'école et des disputes des parents – Mon Dieu faites qu'ils ne divorcent pas.

Danser dans le salon en pensant qu'on est irrésistible et sexy et parfaite et que ça va bientôt crever les yeux à tout le monde.

Attendre son heure.

Dire au revoir au soleil quand il se couche le soir.

Au revoir soleil.

Commencer à craindre qu'il ne se lève plus.

Prier pour que maman ne meure pas – sinon je serai demi-orpheline (et ce mot-là pour Vienna c'était galoche, neige et coups de trique).

Ne rien savoir du monde. Deviner. Simplement deviner.

Vienna aimerait redevenir une toute petite fille.

Elle pense à ça ce soir, enfermée dans la salle de bains.

Vienna s'octroie certaines soirées de regrets éternels et de larmoiements. Si elle buvait elle boirait. Mais Vienna, du moins espère-t-elle, est une jeune femme de la mesure et de la juste note.

Vienna fait couler l'eau chaude dans la baignoire.

Elle aimerait entrer dans la baignoire et que celle-ci la transporte de suite dans des temps reculés – je mets le compteur sur mes six ans et hop nous voilà partis.

Elle aimerait revenir au printemps de ses six ans. Juste avant l'été des deux cachalots (ou des deux orques, ou des deux je ne sais quoi, des deux bestioles magnifiques et pourrissantes échouées sur la plage de Camerone). Avant l'été où le monde a changé sa révolution. Avant l'été où elle a commencé à tant flipper que son père lui a construit une cabane dans le jardin – en parpaings et en feuilles d'aluminium –, qu'elle a passé le mois d'août dans son bunker et qu'il a fallu commercer, menacer, cajoler afin de réussir à l'en faire sortir pour la rentrée des classes.

Et même à ce moment-là les choses ne se sont pas vraiment arrangées. Elle a commencé à craindre la contamination d'un quelconque virus exotique transmis par les cochons d'Inde qui vivaient leur vie de cochons d'Inde dans leur petite cage au fond de la classe, elle se lavait les mains onze fois par jour (pas dix pas douze), elle ouvrait le courrier avec des gants de caoutchouc de peur qu'il ne renferme quelque poudre toxique, elle s'est mise à boire du jus de grenade ou de bougainvillée ou de n'importe quoi pour parer à la prolifération de cellules cancéreuses possiblement éparpillées dans son corps, elle a recouvert sa peau d'écran total même par temps maussade, elle a accroché au mur de sa chambre une carte sur laquelle elle a localisé toutes les centrales nucléaires du pays qui se trouvaient sur des failles sismiques.

Ce genre de choses.

Vienna voudrait revenir avant. Avant l'été où les choses se sont gâtées. Juste avant. Il suffirait de retourner au printemps précédent, quand les hommes étaient encore sur la terrasse et leurs grandes mains se posaient sur sa tête – tabac, discussions chasse et chien, inflation, bière, guerre virant marécage, rock'n roll, ennui infini mais impression que c'est là, auprès d'eux, que les choses se décident, que c'est bien là le cœur du monde, donc dédain envers les chuchotis des femmes et le canapé vert velours, donc désir de se trouver tout près des hommes et de leurs pantalons en toile et de leurs shorts à multiples poches pour petite monnaie, hameçons, pellicules photos, bonbecs et clopes, la main de son père sur sa tête, une main large avec de longs doigts osseux, les os de ses mains recouvrant le crâne de Vienna comme un bonnet de dentelle, ne pas quitter la main des hommes et leur pantalon et leur odeur qui avait à voir avec le sel, la tourbe, le poivre et le linge humide, à l'époque il y avait aussi Eugène à la cuisine, le frère de papa, ils étaient tous là bien tranquillement à picoler et à fumer, ils étaient tous très beaux et très virils, inconnaissables.

Vienna décolle vers les ruines de son enfance.

C'était juste avant l'été où.

Vienna s'accroupit à côté de la baignoire, elle laisse l'eau chaude monter et le bout de ses doigts traîner à la surface fumante. Il y a un filtre au robinet pour que l'eau soit moins chlorée, pour que le chlore ne pénètre pas l'épiderme de Vienna, ça la glace Vienna l'idée de tout ce chlore qui entre en elle, elle imagine être plongée dans un bain de Javel.

Sa colocataire n'est pas là. Elle est partie au Mexique pour trois jours. Vienna ne veut pas savoir ce que fait sa colocataire pendant trois jours au Mexique. Vienna veut juste prendre un bain brûlant.

Quand il n'y a plus d'eau chaude, elle va remplir une marmite à la cuisine (le robinet est lui aussi équipé d'un filtre), et elle la fait chauffer sur la vieille gazinière (Vienna n'a pas réussi à obtenir de sa colocataire qu'elles se débarrassent de cette vieille gazinière, pourtant Vienna est persuadée que les tuyaux sont poreux, que le gaz s'en échappe doucettement et qu'il finira par les asphyxier une nuit. Alors parfois, quand elle est au plus mal, elle ne bouge plus dans l'obscurité de son lit et épie le sifflement qui les tuera toutes deux).

Elle remplit dix marmites de suite tout en chantonnant, elle effectue les allées et venues nécessaires à pas concentrés, sans hâte, elle se déshabille et elle pèle tout ce qu'il reste de pollution sur son corps. Elle se glisse dans l'eau bouillante, elle se sent homard, elle frémit, pense tourner de l'œil, le haut plafond de la salle de bains tourbillonne, il y passe des tuyaux qui s'entremêlent sans raison, juste pour donner au plafond de la pièce un aspect labyrinthique et inquiétant, la salle de bains est grande et vétuste, elle ressemble à une salle de bains dans un hôtel à l'abandon, avec un carrelage blanc et brisé étoilé par endroits, des motifs floraux sur le carrelage, des clématites et des chèvrefeuilles. C'est la salle de bains du

Titanic, pense Vienna par moment. Une robinetterie presque organique avec un museau et des pattes. Tout est en métal et en porcelaine blanche, tout est moisi et rouillé, tout a sombré. Vienna allume des bougies, elle les aligne sur le rebord de la baignoire morte, et elle plonge.

Elle se sent bien.

Vu qu'elle a intercalé entre chaque bougie un comprimé d'iode stable – pour contrer les effets de l'iode radioactif en cas d'attaque à la bombe sale.

On ne sait jamais.

Il suffit de ça, penser aux comprimés d'iode stable qui attendent bien sagement sur le rebord de la baignoire et la vie devient douce et acceptable.

Vienna se souvient de son bunker dans le jardin, de sa mère qui s'en inquiétait, secouait la tête en marmonnant, de son père qui prenait tout ça à la rigolade, qui avait décidé de ne plus s'inquiéter de rien depuis l'été où, lui qui avait été un homme si anxieux (et maintenant Vienna se demande s'il ne s'était pas mis à prendre des médocs pour se calmer, ça lui semble clair maintenant cette désinvolture inédite de son père après l'été où, ça lui semble limpide, ça ne pouvait être dû qu'à ces pilules qu'il prenait le soir, une deux trois, avec son whisky schweppes, et la mère de Vienna secouait la tête, sa tête où les cheveux repoussaient ou disparaissaient selon la saison, le flux et le reflux des métastases), elle se souvient qu'elle avait fini par ne plus pouvoir dormir que dans son bunker en parpaings et aluminium, sa mère se levait la nuit et venait en robe de chambre regarder si tout allait bien, elle ouvrait la porte en polystyrène expansé, la refermait mal, ce qui agaçait beaucoup Vienna, et elle observait sa petite fille dormir sous la couverture de survie. Elle restait accroupie dans l'herbe humide et secouait la tête comme si elle se doutait de ce qui était arrivé cet été-là sur la plage de Camerone. Puis sa mère n'est plus venue ; elle était devenue trop faible ou alors elle passait plus de temps à l'hôpital qu'à la maison. C'est comme une personne gommée sur une photo de famille. Elle a clignoté un moment et puis elle a disparu des photos.

Dans son bain, les fesses mollement posées sur le fond de la baignoire, Vienna a l'impression que l'intérieur de son corps se met à bouillir. Ses organes suent et son épiderme déclare forfait, elle commence à pleurer très doucement d'abord. Elle sent juste sa poitrine se contracter dans ce petit étouffement qui précède les larmes. Et puis l'eau déborde de ses yeux, elle coule à l'intérieur de son visage, Vienna la devine dans son nez et sa bouche, et sa gorge, et son estomac et son utérus, elle sent toutes ses larmes qui plicploquent en secret dans le fond de son corps. Vienna pleure. Et c'est un moment délicieux.

Elle entend le téléphone sonner mais il est impensable de s'extraire de cet instant magnifique. Elle laisse la sonnerie résonner dans le vide, elle jouit même de ce bruit inutile qui l'appelle mais n'arrive pas à rompre son isolement choisi – qui ne l'appelle fort probablement pas d'ailleurs, c'est plus sûrement l'un des amants de sa colocataire (se protège-t-elle au moins ?) qui se sent menacé par le prochain favori de la dynastie et qui se demande où donc sa belle amante est passée, la belle amante qui raconte être partie chez sa mère alors qu'elle est partie, rappelons-le, trois jours au Mexique.

Le téléphone a cessé de sonner.

Vienna pense à sa colocataire en train de parler espagnol. Elle essaie de se souvenir de cette langue, il y a des mots qui viennent très tranquillement à son esprit, elle se met à prononcer quelques mots espagnols dans sa baignoire. Le moment parfait est terminé, il s'étire un peu en longueur mais Vienna sait qu'il s'en est allé, elle sourit, remue les pieds dans l'eau, ça crée de lents remous qui la contentent, elle se sent en accord avec cette salle de bains qui chancelle et s'écroule à la lueur des bougies.

Elle fait tomber dans l'eau quelques gouttes de produit moussant sans paraben et sans cochonnerie toxique. Elle sent une légère culpabilité affleurer. Tu prends un bain, vile créature, tu prends un bain de cent cinquante litres alors que l'eau est un bien si précieux. Elle négocie avec sa mauvaise conscience, elle promet de laver son linge dans l'eau de la baignoire juste après.

Elle pense à l'été où.

Sur la plage de Camerone.

Elle pense.

Au type en chemisette à carreaux.

Elle pense à ses courtes absences épileptiques qui ont débuté juste après.

À son nez qui a saigné à chaque fois qu'elle tombait dans les pommes.

En plus elle faisait pipi.

À chaque fois.

Les boules.

Et elle avait commencé à avoir tellement peur. De tout. Des bombes nucléaires (bunker), des pluies acides (un imper avec des rustines, de la colle néoprène aux coutures et une capuche bien couvrante), des métaux lourds (ne plus jamais manger de thon), des microbes (feuilletage des livres de bibliothèque avec gants en coton blanc) et des hommes à chemisette à carreaux.

Ce matin-là, un matin très tôt, elle était juste partie regarder les orques avec son père. Elle donnait la main à son père, et ils se dirigeaient tous deux vers les cétacés échoués sur la plage de Camerone. Les mouettes tournoyaient, le vent du sud agitait les cheveux de Vienna comme lorsqu'elle roulait sur son vélo en soulevant les pieds des pédales parce qu'elle avait pris un élan de dingue. Ça sentait l'iode, la marée basse, le poisson pourrissant, ça sentait l'odeur de papa (un truc au vétiver + tabac blond).

Pendant des années, Vienna n'a eu aucun souvenir de ce matin spécial mais à force de parler au docteur Serpico, tout lui est revenu avec une si vive précision qu'elle a été persuadée que le souvenir de ce matin spécial se trouvait pendant tout ce temps dans un tiroir un peu coincé de sa mémoire, un tiroir coincé mais parfaitement entretenu (brin de lavande et papier fleuri dans le fond). Et à partir du moment où le docteur Serpico lui a permis de retrouver la clé du tiroir, Vienna s'est passé le film de ce petit matin sur la plage de Camerone des centaines de fois. Elle voulait comprendre comment les choses avaient dérapé (comment les choses dérapent en général), ce qui avait fait que le monde était devenu ce qu'il était, pourquoi elle s'était éloignée de papa pendant qu'il s'assoupissait vaguement les mains croisées sous la nuque, pourquoi elle ne s'était pas méfiée du type en chemisette à carreaux (il avait une moustache, ça, elle aurait pu s'en douter, c'était mauvais signe, il faut se méfier des types à moustache avec des chemisettes à carreaux), donc Vienna a cherché cherché ce qui avait déconné ce matin-là, si ç'avait à voir avec sa propre robe jaune et son gilet trous-trous, il y avait du sang après sur son gilet trous-trous, un petit gilet blanc au crochet, Vienna avait saigné du nez, il y avait même du sang sur sa robe jaune, il avait pris une couleur marron irrécupérable. Ça tombait bien.

Vienna n'aurait remis pour rien au monde sa robe jaune et son gilet trous-trous.

Mais Vienna est présentement au fond de son bain miraculeux et elle se sent plutôt bien. Parce qu'elle a tout prévu.

C'est pour cette raison que, lorsqu'elle a entendu la porte d'entrée s'ouvrir, elle n'a pas réagi, habituée qu'elle était aux allées et venues de sa colocataire et de ses multiples chéris.

Entendre la porte d'entrée s'ouvrir ne l'a pas du tout inquiétée. Cela n'a de cesse de me surprendre. Pourtant Vienna était dans son bain à l'autre bout de l'appartement et elle se trouvait présentement, comme le veut la grande tradition du film qui fait peur, tout à fait démunie et vulnérable – nue, glissante et fripée.

Un instant après, Vienna s'est dit, Tiens elle rentre bien vite du Mexique, ç'a dû mal tourner. Elle a crié, Marianne, je suis dans la salle de bains. Pour que l'autre ne fasse pas irruption dans la pièce d'eau avec son air hagard, ses lunettes en forme de fleur, son sillage de patchouli, ses cheveux mousseux qui dépassent de son bonnet de laine, son « oh pardon j'avais pas entendu ». Vienna s'est dit, J'aurais dû fermer à clé la porte de la salle de bains. Alors elle a crié de nouveau, Je prends un bain.

Et c'était comme de dessiner un plan fléché pour l'intrus qui venait de pénétrer dans l'appartement, c'était comme de crier, Viens donc par ici, je suis sans défense, nue et moelleuse, viens donc t'occuper de moi.

Mais Vienna n'a pas deviné un seul instant qu'elle était en train de faire venir l'intrus plus vite encore.

Elle a même oublié qu'elle avait entendu la porte d'entrée s'ouvrir, elle a réussi à reléguer ce bruit dans le fond de son cerveau. Comme Marianne ne répondait pas, Vienna s'est convaincue qu'elle avait sans doute mal entendu.

Elle s'est dit, Ça devait être à l'étage du dessus.

Ou en dessous.

Tout était redevenu si silencieux.

Il n'y avait plus que le clapotis de l'eau quand elle bougeait lentement dans son bain.

Elle a donc sursauté quand la porte de la salle de bains s'est ouverte et que ce n'était absolument pas (même pas un tout petit peu, c'était *absolument* quelqu'un d'autre) Marianne, son patchouli, ses lunettes en fleur et ses cheveux en bataille. Son léger sursaut a créé de nouveaux remous dans l'eau du bain. Vienna ne s'est pas retournée (la porte de la salle de bains était dans son dos) parce qu'elle a bien vu dans le miroir au-dessus du lavabo que ce n'était pas Marianne qui pénétrait là. D'ailleurs elle était presque sûre de n'avoir jamais vu ce visage nulle part. Il ne portait pas de moustache. Ce qui aurait pu rassurer Vienna. En d'autres circonstances. Elle a tenté de croire que l'homme qui venait d'entrer était l'un des petits amis éconduits de Marianne, elle a voulu dire, Marianne n'est pas là, mais ça n'avait pas de sens, et peut-être bien que ce visage lui disait quelque chose même sans moustache, même sans rien de ce qu'elle pouvait reconnaître. Et ce qui lui est venu à l'esprit est une chose étrange, elle s'est dit, C'est le fantôme de mon enfance, et ça ne voulait pas dire qu'elle venait de voir apparaître un fantôme qu'elle croisait déjà dans son enfance, mais que l'homme qui venait de surgir était *lui-même* un vestige de son enfance. Et que cette enfance jaillissait de nouveau, prenant l'aspect de ce drôle de type sans moustache. Elle aurait pu être rassurée parce que finalement qui pourrait avoir peur de l'ombre de soi-même. Sauf que Vienna ne savait pas bien à quoi pouvait servir l'instrument qu'il avait dans la main droite – ou gauche ? Pas facile de se repérer, rapport au reflet inversé dans le miroir. Et, se fût-elle doutée de ce que l'intrus allait trafiquer avec son outil, qu'aurait-elle pu faire ? Se lever, toute dégoulinante, en hurlant, empêtrée et frigorifiée, glapissante et menaçante et suppliante ?

À la place de toute cette agitation, Vienna est restée immobile. Elle s'est sentie prise d'un intense abattement. Elle a murmuré, Oh non, oh non. Elle n'a pas crié. Elle s'est très légèrement affaissée dans l'eau de son bain. Vienna s'était toujours demandé, quand elle était petite fille, comment elle réagirait si un individu explicitement menaçant déboulait chez elle avec la ferme intention de lui faire du mal, elle avait toujours craint de se mettre à crier comme une poule qu'on égorge, elle avait toujours craint de se comporter d'une manière indigne et désordonnée alors quand elle s'est juste entendue murmurer, Oh non oh non oh non, elle s'est dit avec une sorte de soulagement, Voilà, ma Vienna, voilà ce que tu as dit quand tu es morte.

TABLE

Du même auteur
aux Éditions J'ai lu

Ce que je sais de Vera Candida

« Rose Bustamente, la grand-mère maternelle de Vera Candida, avant de devenir la meilleure pêcheuse de poissons volants de ce bout de mer, avait été la plus jolie pute de Vatapuna. »

Sur une île imaginaire, trois générations de femmes semblent vouées à enfanter des filles sans père. Jusqu'à Vera Candida, qui fuit Vatapuna pour se forger un autre destin...

Grand prix des lectrices de Elle 2010
Prix Renaudot des lycéens 2009
Prix France Télévisions 2009

N° 9657

Et mon cœur transparent

Sait-on jamais avec qui on vit ? Lorsque Lancelot apprend la mort de sa femme, qu'il aimait à la folie, son univers s'écroule. Et il va vivre un Très Grand Choc Supplémentaire en découvrant qu'Irina n'était que mystères. Malgré la violence de son chagrin, l'homme décide d'enquêter sur celle dont il ignorait tout, qui posait des bombes, qui était orpheline d'un père bien vivant, celle qui est morte dans la voiture d'un inconnu...

« *Un roman enchanteur placé sous le double signe de Verlaine et de Boris Vian.* » Télérama

Prix France Culture - Télérama 2008

N° 9017

Déloger l'animal

Rose a quinze ans mais en paraît sept. Cette éternelle enfant est consciente de sa différence, mais son heureux caractère ainsi qu'une imagination sans bornes sont de puissantes ressources. Lorsque sa mère disparaît brutalement, Rose va chercher à tout prix à comprendre l'histoire de sa famille. Au risque de voir la fantaisie et le rêve l'emporter sur une réalité plus cruelle

« *Merveilleux par la légèreté de l'écriture de l'auteur, qui, l'air de rien, vous happe est vous entraîne dans des contrées insoupçonnées.* » Arte

Les hommes en général me plaisent beaucoup

« Je voyais tous les animaux passer dans un silence de songe. J'ai pensé, ils se toisent pour n'alerter personne, ils se sauvent, les animaux se sauvent et je me suis mise à rire tout doucement pour ne pas qu'ils m'entendent et viennent me dévorer. » Après avoir vu, une nuit, les animaux s'enfuir, Lili va au zoo : sont-ils revenus ? Près des cages, c'est surtout le fantôme d'un homme aimé qu'elle entrevoit. L'animalité du désir et les souvenirs refont surface... Comment l'a-t-il retrouvée ? Tandis que son compagnon, Samuel, rêve de devenir père, elle se laisse consumer par ses sentiments et ses chimères.

N° 8102

Toutes choses scintillant

Koukdjuak est une île polaire oubliée. Ceux du continent y avaient installé une usine de traitement des déchets toxiques. Après le Grand Malheur, l'eau, l'air, la terre ont été contaminés. Les enfants sont morts. Tous, sauf Nikko. Au cœur de son monde à l'agonie où les adultes sombrent dans la violence et l'alcool de renne, elle s'imagine princesse et décide que la Nodamycine, qui empoisonne son corps, l'a dotée de pouvoirs magiques…

« *Imagination et plume éblouissantes.* » Lire

N° 7730

9874

Composition
NORD COMPO

Achevé d'imprimer en France
par MAURY IMPRIMEUR
le 4 mars 2012.
Dépôt légal mars 2012.
EAN 9782290041246
N° d'impression : 171909

ÉDITIONS J'AI LU
87, quai Panhard-et-Levassor, 75013 Paris

Diffusion France et étranger : Flammarion